사랑을 훔치다

박가을 시집

박가을 시집

사랑을 훔치다

초판 인쇄 ｜ 2016년 11월 01일
초판 발행 ｜ 2016년 11월 11일

지은이 ｜ 박가을
펴낸곳 ｜ 도서출판 **뜨락에**

펴낸이 ｜ 박가을
등　록 ｜ 제2015-000075호.
주　소 ｜ 경기도 수원시 팔달구 경수대로 507번길 7(인계동)
전　화 ｜ (031)223-1880
인　쇄 ｜ 세종피앤피
이메일 ｜ kwang6112@naver.com

ISBN : 979-11-956457-3-2 (03810)

「이 도서의 국립중앙도서관 출판예정도서목록(CIP)은 서지정
보유통지원시스템 홈페이지(http://seoji.nl.go.kr)와 국가자료
공동목록시스템(http://www.nl.go.kr/kolisnet)에서 이용하실
수 있습니다.

값 10,000원

■ 이 책은 안산시 문예진흥기금 수혜 창작품입니다.

그래, 그래서

인생의 전환점에서 바라보았다

짙었던 녹색의 계절이 삭혀가는 가을날 문득 뒤를 돌아다보는 습관이 생겼다

가는 길이 어디이며 가야 할 곳도 어느 곳인지를 묻고 답을 얻기 위해서다

거울 앞에서 반추되어 있는 내 모습은 그분의 형상을 따라가려는 몸부림 또한 헐거운 사내는 말없이 얕은 미소로 따라서 가야할 곳을 말했다

그래 그래서, 세상을 엿듣고 훔쳐보며 시어詩語를 다듬는 솜씨로 뼈가 있는 문제를 채색하는 과정은 지나온 삶의 길목에서 그는 벗이 되어있었고 젊은 스승으로 늘 버티고 서 있었다

생각하는 길이와 깊이가 더해지는 순간마다 아끼고 숨겨 두었던 언어를 깨내어 가슴 안에 넣고 배알하는 고통은 어느 시인에게도 적중하는 심장의 떨림일 것이다

저 높은 곳에서 내 영혼을 지켜주시며 늘 함께하시는 버팀목, 그분은 오늘도 새벽길을 함께 나서며 어느덧 버스 정류장에서 시간을 재촉하는 마을버스에 올라타고 있다

사랑을 훔치며 그 사랑을 그 누군가 훔쳐서 떠나는 나그네, 인생길에서 참 좋은 사람들

그들이 곁에 있어서 고맙고 행복하다고.

서실에서 저자 박가을

1부

사랑은 살짝
꺼내 보는 것이다

2부

초록 가을

3부

담벼락

4부

산다는 것은

Part I

1 부

사랑은 살짝
꺼내 보는 것이다

265센티

버스가 춤을 추고 있다
기다란 아스발트 위에
넙죽 엎어져서
세상을 기웃 거리고 있다

버스 안은
고개를 바닥에 처박고
춤판위에서
미디어에서 칼을 뽑았다
눈빛들이 예리하다

천장손잡이
험상궂게 일그러진
올가미로 낚아 채임 당했다
덜거덕
가슴 울림은 신선했다
쭈뼛하게 얼굴을 펴고
텝스텝을 맞춰
층층계단을 올라 갈 것이다
265센티.

정지된 흔적

둔탁해진
새벽은 아직도 여물지 못했다
하얗던 시간을 재촉했는데
무거운 육체는 단단하다
순리대로 하루의 일상은
예약도 없었는데 바짝 다가오고 있다
우두커니 창밖을 바라보면서
밤새 추위와 싸웠을
베란다 화초가 가엾음을 발견했다
그래,
추운 엄동설한에 따뜻한 곳
이 한 몸 이불을 덮고 있었구나
잘 견뎌줘서 고맙다
파란 싹을 틔울 즈음 봄이
기지개를 켜고 성큼 내 앞에 서있다
아, 살갑다 그놈이
봄 햇살 따뜻한 양지바른 언덕이 그립다.

곱던 새벽

어둠 안개가
세상을
까맣게 숨겨 놓았다

세상 속
아파트 숲은
10층 좁다란 틈이다

가냘픈 빛이
새벽을 깨우고 있다
고운 새벽마다
단 한사람을 위한 세레나데
자꾸만 불러도 애닯다

비탈진 계단은
투박한 발자국소리만
시계바늘처럼
빈 가슴에 그리움만 넘치고 있다.

파란 종이컵

철지난 주전자 전기난로 위에서
파닥이며 날개를 펴다 그만
파란 종이컵에 한쪽 날개가 빠져버렸다

손때 묻은
주전자 손잡이가 헐겁다며
바지춤을 붙잡고 쨍강대며 따라다녔다

바짝 마른 입술은 투박한 말투
물줄기가 흐르던 때
볼을 어루만져 주던 사람
보고 싶다며 혀끝을 나풀거렸다

분홍색 샌들 물끄러미 바라보며
납작 엎드려 손가락으로 날 셈만 했다

말랑거리던 생각
책장은 바람에 흩어져
창 너머로 날아가 버리고
넘실대던 촉수
막혀버린 차창만 바라보고 있다.

그분은

무던세월곁에서지켜주며여기까지함께한당신을사랑합니
다세상을기웃거리며발을담가도당신은늘그자리에서기다
리고계십니다그리하실지라도힘에부치고고퉁의흔적까지
닦아주셨던당신을사랑합니다내영혼은그리아니하실지라
도당신을사랑합니다사랑이비수가되어날아올지라도이제
그시간은내게서떠났습니다그리아니하실지라도당신을사
랑합니다슬픔이마디마디에쌓여내심장을도려낸다해도이
제그시간은내게서떠났습니다그리아니하실지라도당신을
사랑합니다햇님이빗질해논벼이삭의말림처럼이제그시간
은내게서떠났습니다그리아니하실지라도당신을사랑합니
다밤깊음의별빛이안식이되어돌아오듯이제그시간은내게
서떠났습니다버거운삶의모퉁이에서훌쩍거리며울때도당
신은언제나외면하며떠나갔습니다그리아니하실지라도당
신을사랑합니다무릎을세우고두손을모아저높은곳에계신
당신을바라보는순간당신의잔잔한미소다시사랑을달라하
겠습니다그리하면언제나당신은따뜻한손을잡아주셨습니
다그리아니하실지라도당신은내편에계시기에더더많이사
랑하겠습니다세상일기장에서만났던한여름무더진가슴에
붉은심장을설레게했던당신을사랑합니다저높은곳에서언
제나웃어보이시며당신은지금도제곁에계시기에당신을사
랑합니다.

짧은 음색

세상은
모퉁이 돌처럼
발목을 잡고 있다

목마름의
시간
짧은 꼬리를 물고 서 있다
늘 지나치던 곳, 잠시
얼굴을 보여주고서
모르는 채 비밀의 문을 나섰다

허스키한 음색
어디로 사라질지 몰라
그만 앞을 가로막고 말았다
아, 그건
순전한 실수였다
향기 그윽한 맛 때문이다.

철지난 가을날

푸르던 잎새가 뿌옇게 퇴색하던 날
바람은 뿌리째 뽑혀져 나뒹굴고
구멍 난 낙엽은 흙먼지 속으로 끝없이 추락했다
이 계절을 오색이 물든 단풍잎이라 말했던가
그 누가
만추가 발랄한 가을녘이라 했을까
정처 잃은 뭉게구름 남쪽을 향해 떠나더이다
뭇서리 나뭇가지 끝
정수리에 흰 이불 덮던 날
몸서리치도록 시린 어깨 움츠리고
조각달이 들면
쪼그렸던 가슴으로 덥석 안아주었다
파란 하늘은 높게 열려지고
푸르던 잎새 빨갛게 짙어 가면
내 님도 석양 노을처럼 가슴 붉어지겠지
번잡한 충무로 가로수길 커피숍은
인간 냄새가 물씬 풍기는 달달함
가을 정취가 곱게 채워진 한 폭의 수채화였다
매콤한 골뱅이 무침, 파절이를 곱씹던 시간
바람은 겨울 한가운데서 덩실 춤을 춥디다
철지난 한여름 뜨겁던 시간 꺼내보며
허전함은 만개한 꽃잎처럼 피고지고
오색단풍잎에 사랑의 연서 날려 보낸다

통증

그리움에 지쳐
어둔 창밖 바라보다
그만 눈을 감아봅니다
달빛에 그을린 흔적
손끝은 아리도록 아픕니다

출렁거리던 음색
어디서 듣던 목소리였으니까요
가슴에 통증이 밀려옵니다
아까 눌렀던 갈비뼈를 더듬거리던
손끝
떨쳐 버렸기 때문입니다

진통제가 통과하는 시간
아릿함으로 다가와서 별빛에게 물어봅니다
그리움을 어찌 하냐고 고갤 끄덕거립니다
그 사람에게 전해준다며
그래요,
그리움에 목말라 할 때
당신은 속삭였지요
사랑한다고.

탈선사고

툇마루 바닥에 누워서
천장에 매달린 조각달을 봤다
실눈을 뜨고 바라보니
어디서 많이 본 듯한 형체가 보였다
손에 잡힐 듯
발끝을 길게 뻗어도 감촉이 없다
바닥에 누워 어루만져주던 손길이 그립다
손바닥을 비비며 화들짝 놀라 허공을 저었다
잡아 주었던 손마디가 아리다
가슴은 물결처럼 출렁이고 있다

철지난 태종대 겨울
헐거워진 파도의 앙칼진 소리를 들었다
그 소리다
내 가슴 속에 파묻어 두었던 그 울음소리였다
겉이 멀쩡한 사내는 여관 출입구에서
주민등록번호와 이름을 기록해야했다

희미한 불빛 사이로 출렁이는 부산 앞바다
고독한 바람은 갈기갈기 찢기어서 너덜거렸다
몸살로 힘들었던 때 철심이 박힌

침대에서 긴 밤을 홀로이 녹색바다를 그리워했다

열차에 몸을 던지고 담백하게 걷던 자갈치 시장
인간 냄새가 물씬 풍겼다
비릿한 냄새를 쫓아 꼼장어 구이에 눈을 마주치니
곱씹던 세월을 소주잔에 가득 채웠다
아, 시방 그 남쪽 바다가 책장 벽에서
이내 넘실거리며 덩그렇게 걸려있다.

색조화장

짧은 음색은
설렘 그 자체였다
저 보이는 지척에 두고서
갈급한 영혼이 되었다

바람만 불어도
곧 쓸어져버리는
그리움 한토막이다

다듬고 깔끔하게 놓여진
책갈피 속 낱말 꺼내어
곱씹어본들
고독만이 허우적거리고 있다

언제쯤 파란호수를 헤엄치며
두발을 담글 수 있을까
반추된 포프라 나무의 너른이파리
한손을 펴서 하늘을 덮었다
창문 너머로
허락하지 않은 미소가 탐이 났다.

소나기

빗살무늬
나무토막이
후드득 떨어졌다

반추된
팔분음표가
아스팔트 위에서
춤을 춘다

음악이 멈추더니
발가벗은
하늘만 파랗다.

쌓지 못한 모래섬

바싹 말라버린 모래섬
손길을 닿고서야
촉촉한 빗물에 녹아져 내렸다

흡족해진 모래알갱이
바람결에 겹겹이 쌓여만 갔다
심장의 떨림
숨겨 두었던 밀어가 토악질 한다

거친 파도는
속삭임으로 다가왔다
조각나버린 흔적
모래톱은 섬을 쌓더니
손끝 하나에 형상을 만들어 놓았다.

그믐달

태양은
멈추지 않았다
초생달이 지고 해가 솟으면
새론 세상이 탄생했다
세월은 켜켜이 어둠에 쌓여서
시나브로 먼 여행을 떠나야했던
외로운 행성처럼 떠돌고 있을 뿐이다

새벽이면
익숙한 손끝 한 여인의 흔적을 바라봤다
짙은 새벽안개가 자욱하다
먼 길을 달려가야 할 사람
짧은 혀끝은 기회를 엿보더니 시야를 넓혔다

목적 없는 일상은 겉치장이다
붉게 찍어 놓은 점하나
그대 가슴 깊이 넣기 위해 몸부림치던
두껍던 시간
세월의 무게가 그 입술에서 하얗게 뿜어졌다.

연서

가을은
따뜻한 체온이 그리운 계절이다
묵묵하게 걸어갔다
가을이 타는 냄새가 났다

곱게 물든 잎새처럼
목마름에 물 한 모금으로
주린 허기를 채웠다
별빛에 그을린 흔적
떠도는 별똥별
가슴에 박힌 사람을 찾아
주홍글씨로 밤하늘에 편지를 쓴다

아름다운 세상
그 높이와 깊이를 셈하듯
고즈넉한 시간
하나 둘 넓은 공간에 넣어본다
세월이 굴러가고 있다
덩그렁 덩그렁.

속았다

달빛에 속았다
까맣게 타버린 어둠
가로등 불빛
손톱달이 발가벗었다

툭,
발끝으로 만지작 속았음을 알았다
셔틀콕은
별빛에 나풀거리며 춤을 췄다
가을비가 떨어진 후
무거운 시간은 쑥덕거렸다
헐겁게 속이 훤하게 보였다

빛은 어둠을 삼키고도
흡족치 못한가보다
아파트 창틈 삐져나온 빛줄기
싸늘한 어둠속에서
사랑 놀음에 지쳐있다
별빛도.

당신의 그림자

나는 당신의 그림자가 되겠습니다
햇볕을 막아주는 그늘이 되고
빗물을 받쳐 주는 우산이 되어
당신의 영혼을 닮아 가겠습니다

나는 당신의 그림자가 되겠습니다
해질녘
석양에 물들어 버린 당신의 마음
손끝에 다다른 색채
호수가 반추된 보름달이 되어
당신 곁에 빛을 비춰 놓겠습니다

나는 당신의 그림자가 되겠습니다
어둠이 밀려오면 쓸쓸해 있을 당신
베란다 창틀에 매달려
거울 앞에 서 있는 당신 모습을 바라보겠습니다
촉촉한 새벽이슬 어깨 위에서 춤을 추면
스산한 바람 또한 차갑게 손을 내밀 테지요
한기가 온몸으로 퍼져 거죽이 말라버리면
빙긋이 웃어 보이는 당신의 따뜻한 체온이 채워집니다

나는 당신의 그림자가 되겠습니다
흩어져있던 그리움
한 잔의 엽차로 목을 축이면
밤새 휴지통에서 살려 달라 애원했던 언어
향긋한 커피향이 풀풀대며 뿌려 질 테니까요
당신은 모릅니다
내가 왜 당신의 그림자가 돼야 한다는 사실을.

사랑은 살짝 꺼내 보는 것이다

사랑은
나 혼자서만 간직하는 것이다
자랑도 꺼내서 비교해본들
가슴속 한쪽 깊이 넣어두는 것이다

사랑은 잠시 딴생각에
어떤 한 틈도 용납하지 않는다
여유를 갖고 직언의 소통이 없을 때
굳어져 버리는 찰흙이 되어버린다

사랑은 오랜 세월 지나 잠시 퇴색되어도
일상을 곱씹으며 참고 견디는 순간
가슴에 꼭 묻어둔 보석처럼 빛이 난다
흔적, 마음이 흩어져버리면
작은 생각도 감춰버리지 말라
혹, 식어버릴 수 있을 테니까
언젠가 세월의 설렘은
떠나는 준비를 하고 있는 것이다

사랑은 자신이 소유하고 있는 것이며
질그릇과 같아서 휘날리는 바람이다

비 내리던 오후
어둠에 쌓인 빈 공원벤치에 앉아
보이지는 않더라도 가슴으로만 느끼는 것이다
사랑은 혼자가 아니다
눈빛에서 진실을 보면 생명력이 있고
눈을 감아도 보이는 것이다

사랑은
속마음을 보여주는 실체이고
남에게 잠시 빌려 줄 수도 없다
사랑은 내 안에 꼭 감춰 두고서
혼자서만 살짝 꺼내보는 것이다.

장미꽃의 미학

오월의 어느 날
장미 밭에
탐나는 입술이 깔려있다

파란이파리
피부줄기의 생명은
형형색색 허연 속살이 보였다
강렬한 그림자
투영되어서 분홍빛에
그만 풍덩 빠지고 말았다

늦밤 홀로이
화사한 외출을 꿈꾸며
흥겹게 어깨를 들썩 들썩
춤을 추고 있다
달빛은 호수를 삼키고
호수는
달빛을 덥석 삼키고 말았다.

안개비

벚꽃이 만개하던 날
옥색 물결은 저 끝이 어디인지
그가 떠나는 마지막일지도 몰랐다

저 바다 끝
넘실거리는 둥근달은 생명의 단초가 되었다
뿌옇게 내려놓던 안개비
희열은 안개 속
가슴을 후비는 아픔도 참았다

영혼의 생명뿌리가 박혔다
어둔 터널 모형과 색채가 달라서
목이 마르다
숨 가쁘게 달려왔던 세월
아,
화사한 자태 그 끝이 어딘지 모른다.

조각별의 가을

시간 틈에 집중하고 싶었다
그늘진 구석에서 꺼이꺼이 눈물 짓던 때
그때, 가을이라는 문턱에서 바람에 가슴을 내 놓으니
찬란한 볕은 폐부를 깊이 파고들었다
잠잠할 수 없던 몸짓
초겨울을 맞이하려는 동작에 불과 했지만
격렬한 눈빛으로 다가와 있다
어쩌면 이 계절만 몸살을 앓고 있다
그래서
낙엽을 모아서 빨갛게 물들게 했고
노란 입술에 고운 색채를 입혀 놓더니
비로소 시린 바람은 가슴까지 벅차올랐다
떠도는 달빛은 구름에 가려진 조각별
그대 가슴에 묻어 놓은 그건 예정된 사랑이다
그날 이후
달라진 모습은 건장했던 사내가 되었음이다
호흡을 가다듬고 가슴팍에서 팔딱이며
커튼이 드리워진 창틈 흔들림의 목소리
아, 비좁고 비좁았다
지칠 줄 모르던 시간
흠뻑 젖은 그래서 생각은 자유하다.

봄비

보석 같은 봄비
덜그럭 거리며 길바닥에 떨어졌다
미세한 먼지 알갱이 들뜬 마음인 듯
시궁창으로 여행을 떠났다

그 화려한 자태
흰 눈꽃 같던 벚꽃도
어깰 들썩이며 아스팔트 위에서
팔랑거리며 웃고 있다
텁텁한 흙탕물 뭇사람들 발자국
흔들리는 거릴 활보하고 있다

저기, 저어기
떠나버릴 것들 가슴에 묵혀 두고서
혼돈한 세상을 탓했나보다
빗방울의 출렁거림도
단막극이 끝날 무렵이다
아직도 못다 이룬 꿈
추억 속을 넘치도록 채우고 있다
꼴깍,
듬뿍 마시고 있었다.

세월을 세우다

바람도
뼈가 박힌 봄날
옷깃을 흔들고 있다

잠시 멈춰 섰던
골목
예전에 걸쭉한
대추차 맛을 봤던
황톳길이었다

잊혀졌었는데
가끔
책장가득 책 무덤 줄거리가
나풀거렸던
보리밥 집

눈 끝은 출입문을
애처롭게 두드렸지만
인기척도 없다
울고 싶던 홀쭉해진 봄
곁 밤도 녹녹하게 깊어만 갔다.

기도

어둠이 뿌릴 내리더니 손을 꼭 잡았다
뿌리치며
줄달음쳐도 깍지를 껴놓았다
걷고 달리며
마실 줄 모르던 어둠을 삼켰다

쌀쌀해진 날씨 탓
새벽바람은 폐부 깊숙하게 박혔다
혀끝의 달콤함
뒷맛은 아까 마셨던 그 맛
어둠을 입 안 가득 마셔버렸다

희미한 가로등
목석처럼 서 있던 형상이 꼭 나를 닮았다
그저 바라만 보아도 좋을 사람
별빛이 숨어버린 하늘을 바라봤다
쭈뼛하게 소름이 돋는다

추위는 옷깃을 타고 가슴 벽까지 엄습해 왔다
입안에서 거친 숨소리가 뿜어지고
흩어진 연무
심장을 덮어버려 목이 촉촉하다
아, 거친 숨소리가 들린다.

그날, 그날은

일상적인 삶
빈 수레를 돌리고
끌려 다니는 연습은 마지막 날이다

돼지고기 김치찌개
새삼스런 음식으로 타박하지 못했다
프라이팬에 놀다간 계란무침
구걸하던 목숨 잘도 넘겼다
목청 높여 불러도 봤고
짜릿함에
심장이 벌렁거리던 때
카네이션 한 송이를 받던 날이다

기쁨과 회안이 마주치던 시간
따뜻한 오월은 그날은 흡족했다
빨간 장미꽃은 넓고 깊은 사랑
가시에 달린 파란 이파리가
진실 된 잔상의 존재로 남았다

날개를 파닥거리는 오늘
담벼락에 넙죽 엎드린
그날은 붉은 장미 밭이다.

여름휴가

어둠의 껍질은
갈 길을 잃은 나그네처럼
먼 허공을 바라보며 채근거리는 생각이다
가슴이 꽉 막힌 것 같아
원시적 인간으로 돌아가고 싶다
여름휴가
그리워했지만 체념해야 하는 시간
엄습해 오는 외로움에 편지를 써둔다
언제 받아 볼지도 모를
그래서
처절한 시를 써서 분홍색 겉봉도 닫지 못했다
다른 사람의 연서戀書를 가슴깊이 넣어 봤다
인간의 감성 저마다 다른 색채로
그 형상대로 만들고 표현해놓았다
몇 초의 시간
반갑게 그 사람 흔적을 보았다
시청로비를 다시가자는 약속을 했다
언제인지모르지만
그때 강렬한 호흡 짜릿한 눈빛을 훔치고 말았다
시간이 흘렀다 해도 그때의 설레던 가슴
숨겨 두고서 혼자서 꺼내 보았다
정겹다, 어디서 많이 본 듯 한사람
그대이니까.

Part 2

2 부

초록 가을

고독한 의자

가던 길
멈추고 다시 물었을 때
바람은
흔들리는 의자였다

파란 봄은 추운 잡초처럼
어디까지 끝인지
나른한 고독은 탈출했다

세월은 감기에 걸린 듯
꿈틀대며
거릴 떠도는 무음이다
움찔거리던 허리 춤
한낮 볕에 노출되었다

엊그제
비틀거리던 흔적
눈여겨봤던 셔츠 단추가 없다.

혼자만의 추억

어쩌죠,
차창 밖을 내다보며
그 마음을 훔치고 말았습니다
책장 넘기던 까만 글씨
가슴에 비치던 얼굴을 보았습니다

이, 가을을 애타도록 기다렸는데
입술이 바싹 타들어가도록 말입니다
뚝, 뚝 떨어지는 낙엽이 그리웠는데
가을 이파리가 심장을 도리질하고 있습니다

계절이 떠나갈 무렵
사랑 때문에 가슴 아파하지 말아야 한다며
시간 따윈 담지 말아야 겠다던
혼자만의 주문을 외듯
버틸 여유조차 사치스러운 표정이었습니다

특별한 삼각관계
새까맣게 타들어가던 서녘이 더 뜨거웠습니다
혼자만의 여유
별빛처럼 심연 깊이 박혀있을 때 알았습니다.

아, 행복하다

행복은
만들어 가는 거래요
행복은
느끼는 거랍니다
행복은
나누는 것이랍니다
행복은
지금 내가 여기에 존재하기에
행복한 것이랍니다
행복은
값없이 주는 것이고요
행복은
가슴으로 뜨겁게 받는 거래요
행복은
사랑하는 것이랍니다
그래요
만질 수 없고
볼 수도 없지만 따뜻한 것이랍니다.

여분餘分

땅에 떨어졌다
헐거워진 모래 밭
쨍강거리는 태양
두근두근
어둠은 흔적 뿐

추억도 물씬 뿜어대는
가을 서녘은
틈이 없다

나풀대던 눈빛
입술도 까칠해져
떨려왔다

그 자리
메밀무침은 떫다.

목마른 토요일

새벽은 따뜻한
내 어머니의 품속 같다
찬란한 태양빛 눈이 부시도록
앞을 가로막고 있지만
저 빛은
내 영혼이 함께 걸어가고 있다

따끈한 콩나물국밥
한기를 느낀 온몸을 덥혀 주기에 충분했다
간간한 새우젓 시큼한 깍두기
입 안 가득 넣으면 지친 삶이 녹아든다

담백하다
토요일 아침이다
확 트인 시야
앞을 내달리며 말을 했다
이 포근함은 엊그제 만났던 사람
꺼칠해진 입술
서두르지도 못한 시간은 목마를 타고
또 다른 타인으로 버티고 있다
늘 그 자리에서.

찻잔이 넘칠 때

언제 이었던가
생각은 흩어지고
눈앞에 아른거렸던 사람이다

한걸음씩
다가서고 싶던 때
흐르던 음악은 멈추었다
동색이 되었고 그때까지
세상을 기웃거리며
들여다보며 간을 보았다

어느 날 낙타가 걸었던
모래밭
낙타 발자국을 따라 나섰다
똑같은 발자국이 보였다

헐렁한 바람 옷깃을 펄럭이며
따라 나섰던 곳
향기 그윽한 찻집
그 미소 띤 얼굴이 닮았다.

짙어가는 시간

어둠이 짙어 가고 있다
분침은 초조하게 떨림으로 다가왔다
차디찬 베란다 바닥은
흥건하게 적셔놓은 바다가 되었다

싸늘하게 식어버린 찻잔
차갑게 한밤을 지새우고도
그 맛은 그대로다
아까 먹었던 김치두루치기
며칠 전 먹었던 맛이 아니다
폭 익어버린 식탁
이글거리며 끓고 있던 된장국
장맛을 본지 오래됐다

이 밤도 짙어 가는데
분침은 떠도는 별빛에 녹아져
가슴을 후벼 파고 있다
손길이 머문 곳
간이 밴 손맛이 그립다.

주홍글씨

이 어둑한 밤이
빨리 떠나갔으면 좋겠다
내일은
널다란 틈이 보일게다
출렁이는 파도가 보고 싶다

향이 짙은
커피맛도 볼 수 있을 테고
찻잔의 도톰한 입술도
그윽한 눈빛도 마주할 것이다

호흡하며 안부를 묻고
정색하며 달려올
그날 그때처럼 떨림은
심장박동이 잠시 멈춘 듯
전율이 소름끼치도록 느꼈으면 좋겠다
하나, 둘 뒤척이던 시간
아, 별을 덧셈을 하고 있다.

세월의 흔적

어둠이 가득하다
서두름도 없이 사라져간다
언제쯤 뜨겁던 열기
생명을 부지하기 위한 몸부림은 시작되었다

화사한 자태를 뽐내던 꽃잎
봄은 옷자락을 휘날리며
바람처럼 스치며 떠나갔다
봄바람은
포자 씨를 가슴에 묻고
그때를 그리워 할 것이다

주체할 수 없을 만큼
허기로 가득했기에
어둠도 삼켜버리고 말았다
삶의 흔적은
낯익은 사람 틈에서 저마다
생각에 취해서 비틀 거린다

산이 나를 부른다
바다가 나를 오라한다

내 사랑하는 사람도 오라한다
이 시간 쩌벅쩌벅 걷고 있을 뿐이다.

해후

떨림의 벨이 울렸다
붉은 심장은
빨갛게 달궈진 태양 볕이다
그 아래에서
흠뻑 적셔진
탈색된 몰골이 보였다

우쭐거리며
흔들거리던 시간
태연한 듯
흰 이를 보이더니
히쭉 웃어보였다

울렁거렸던 떨림
덩그렇게 메아리가 되어
손꼽던 세월
가끔은
멈춰진 시간이 되었다.

각시탈 도시

돌섬에
부딪치는 음색이 쨍강거렸다
움푹 패어서
발목까지 덮어 둔 쌓인 먼지
후~하고 불면
곧 흩어져 버릴 흑색도시 같다

불빛도 듬성듬성
불 꺼진 창틈 15층 베란다
군자란이 널따란 이파리
현관문을 버티고 서 있다

하늘아래 아파트 숲
은행나무에 매달린 확성기만
덩그러니 매달려 있다

째깍대는 분침
시계바늘은
비탈진 도시 골목을
매일 한 바퀴씩 돌고 있을 뿐
두껍다.

유리벽

창틈서 뚝 떨어지는
겨울 햇빛은 곱다
커튼 사이로 비좁게 뚫고서 스치듯
그녀의 달콤한 입술처럼
한낮 볕은 붉은 심장을 태우고 있다

베란다 창살은
커튼 벽을 두르며 서 있다
연서에 써두었던 글씨토막
투명한 유리벽 뚫릴 것만 같은데
두꺼운 외투 속주머니에 숨어서
파열음은 가슴을 후벼 파고 있다

아,
이럴 때 그녀의 손끝이 그립다
손끝으로 톡하고 만지면 금세
자지러지게 흩어져 버리는 바람이다
창틈 볕은 겨울 햇살에
요염하게 꽃을 틔우고 있다
속이 훤하게 보이던 유리벽
투명한 색채로 퇴색되어 가고 있다.

38.7

열꽃도
멈춰주었다
허전했던 시간
물음은
긴장된 순간 답이 없다

새벽을 열어놓았다
비워둔
괄호안의 숫자
신혈은
매섭던 바람도
살며시 잠재웠다

깊게 펼쳐 놓았던
네모난 입술
정답을 준비했다
그 시간마다
조각된 이름
울렁거림뿐이다.

초록 가을

볕이
따사롭다
예상치 못한 냄새
코끝은 날카롭게
사방에서 번뜩거렸다

창틈 새
비좁던 시간
줄기차게 뻗어왔다

가을 햇살은
눈이 부시도록
넉살좋은 계절이다.

조각난 달

검정 선글라스를 벗어버렸다
안과 밖은
쌍곡선을 이루며 달렸지만
그 끝은 아직도 어둠이다

창 틈새로칼
볕이 쏟아졌다
가슴팍은
쏟아진 별꽃을 받아 마시며
차디찬 바람도
황량한 벌판위에 서 있어야했다

저런
뭉떵 뭉떵 살을 에는 아픔
살얼음 조각은
달빛에 삼킴을 당하고도 눈부시다

겨울나무

저들의 푸른빛
잔 서리에 녹아진 고운자태로
천라만상 꽃을 틔웠다

지난겨울
엄동설한에도 흔들림 없이
그 자리를 지키며 봄이
곁에 오기를 기다렸다
순환하는 사계절 오고가는
서로의 체온이 다를지라도
변함없이 잔가지를 뻗치고 있다

비를 뿌리면 생명을 마시고
겨울이면 헐거운 잎새를 버린다
네가 갖고 있는 세상
내가 지배하는 세상은
생각이 다를지라도
저 언덕에 서있는 나무처럼
너른 세상을 향해 오롯이 서있다.

천년세월

시간은 흘러서 바람이 되고
흙이 된다 할지라도
우리가 맺은 언약은 변하지 않네

세월이 변해 구름이 되고
흙으로 돌아간다 할지라도
우리의 사랑은 강물처럼 흘러만 간다네

세상은 바뀌어서
딴 세상이 온다 해도
우리가 맺은 부부연은 변하지 않네

천년이 흐른들
세월이 변한들
바다가 퇴색되어
옷깃이 바람에 흩어져도
아, 못 다한 사랑은 변치 못한다네.

비천가

붕어빵을 씹어 먹었다
팥은 붕어가 박혀서
뼈를 입술로 발라냈다
뾰쪽한 가시도 널름 거리며 먹었다
수년 전
붕어빵 가시에 심장이 뚫리고
붕어빵은 아가미부터
먹어야 한다는 사실을 알았다
빌어먹을 설렘은 가슴 안에서 파닥거리며
책장 사이로 그만 숨어버렸다
봄이 좋았고 여름 더 좋았을 거라며
팔짱을 끼고 걸었다
발걸음을 재촉했다
걷다보니 길모퉁이에 포장마차 허름하다
각기 우동에 막소주 한잔
홍합을 까먹으며 피씩 웃었다
싱거운 사내다
어디 갈 데가 없어서 커피숍도 기웃거리다
돌고 돌아서 온 곳이다
포장마차 주인 그 손놀림이 예사롭지 않다
달빛을 싹둑 잘라서 한 점 먹으란다

좀 맛이 쌉쌀하다
콩콩한 냄새가 입 안에서 풋내를 풍겼다
두어 개 더 먹어 둘걸
가시가 박힌 붕어빵 헐렁한 형체다
뾰쪽한 가시를 발라뒀던 겨울
바싹 말라서 겉이 푸석하다.

가을비

안개비
뿌려지는 빗물
흠뻑 젖고 싶었다

창 너머로
그리움에 흩어지고
우수에 젖은 생각들
저 빗물에 떠나보냈다

잔잔한 외로움
일상을 내려 놓았던 설움도
다 비워지리라

버리지 못한 잔상까지
감추었던 생각
이 가을비에 녹아져
다 떨쳐 버리고 떠나가리라.

거짓말

쇼윈도에서
가슴이
숭숭 뚫렸다

빈가지 끝
바람도 쉬어갈 쯤
출입문이 활짝 열렸다

말도 못하고
우물쭈물
마지막 시간까지
만지작거렸던 시계바늘
조금씩 달아나기 시작했다

사랑은
거짓말처럼
퇴색된 창틈마다
종이컵 속으로 숨었다
아, 가슴판에
갈겨 써놓은 글씨만 선명하다.

천상의 노래

이른 새벽이면 눈을 뜹니다
지난밤 곤한 잠을 청하며 꿈 속에서 만났어야 할
그 사람을 얼마나 사랑했는지 모릅니다
거리를 걷다가도
먼발치에서 닮은 형상을 보면 문득 보고 싶어서
이내 가슴은 떨림으로 어찌할 줄 모릅니다
다정한 목소리만 들어도
잠시 한숨을 돌릴 수 있는
내 당신을 얼마나 사랑하는지 모릅니다

뚝 뚝 떨어지는 그리움
표현하지도 못하는 사내의 가슴을 아리게 합니다
단아하게 일상을 꾸려 왔던
그 모든 것을 한 사내 몫으로 바꿔버린 사람
내 그런 당신을 얼마나 사랑하는지 모릅니다

틀 안에서 허우적거리던 모습
탈출구가 여기까지인데도 행복해하며 흘렸던 눈물
그런 당신을 얼마나 사랑하는지 모릅니다

수년 후 둘이서 걷게 될

잔잔한 호숫가를 사뿐사뿐 걸어서 오실 당신이여
가을 단풍은 소리없이 세월 곁으로 빨려오는데
사람냄새 나는 오솔길을 물끄러미 바라봅니다
지금 모진 세월 아끼며 더디게 걷자던 그래서
아픔을 잠시 기쁨으로 바꿔서 생각해야 했습니다
견고해야 단단해야 한다고 카멜레온처럼
변장하며 허허로운 세상을 즐겨 밟을 수 있답니다
내 그런 당신을 얼마나 사랑하는지 모릅니다

오늘의 행복은
내일의 꿈이 되어 우릴 기다리고 있습니다
그 많던 눈물 다 흘린 줄 알았습니다
이제는 눈물 다 없어진 줄 알았습니다
그런데, 그런데 다시 눈물이 흐릅니다
내 눈물의 의미를 나도 잘 모르겠습니다
내 당신을 얼마나 사랑하는지
쌀쌀해진 이른 새벽 건널목에 서서 그리움을 쫓아갑니다.

고독

그리움은
시린 손끝에서
문자로 날라다 준
선물
애달픈 사랑이다

무표정한
나무토막처럼
투박스럽게
홀로이 서 있는
싸늘한 고독함이다.

불타는 봄

봄은
봉긋 솟아 오른
불타는 그리움이다

봄은
살랑거리는 바람
향기에 취한 듯
수줍은 방황이다

봄은
뭇 가슴
설레며 서성거리다
벚꽃에 취해 비틀거리는
춤사위다.

먼-훗날

인연의 끈
보이는 것과
보이지 않는 느낌
낯설지 않은 벽이다

어둠이 벌거 벗고 다가올 때
적극적 형상이다
공통분모는
정지된 춤사위이다
일상에 숨어서비교 할 수도 없다
촉촉해진 입술은 목마름이다

차분하게 다가서던 순간
식어버린 그리움 그것도
바람처럼 흩어졌다
안타깝던 벽
손끝은
담백한 웃음뿐이었다.

바람이 쓴 편지

펜촉이 날을 세웠다
반짝이는 눈빛
낱말을 자르더니 낱말에 분칠을 했다
달빛도 어두운데
칼바람은 옷소매를 넘나들 때 분침은 속삭였다
그 길을 단숨에 넘어버리고
한 시간, 문을 박차고 들어와야 하는데
여물지 못한 기다림은 차갑다
그날, 생각하는 촉이 너무 살가웠다
우직한 생각도 각을 세워 놓고
모형대로 따라했으면 했다
순백을 간직한 사내
우두커니 거릴 배외하고 돌아왔다
보고 싶다는 단어 한 조각
혀끝에 넣어보니 달달한 초콜릿 맛이다
삼켜야 했다
선 채로 즐비한 상점 간판을 셈하며
어둠을 불빛에 그을려 마셔버렸다
편지지에 까맣게 묻혀진 이름
퉁명스럽게 한 조각 손에 꼭 쥔 채
층층계단을 오르는 순간
환하게 타오른 미소가 탐이 났다

Part 3

3 부

담벼락

고장난 시계

시간이 멈춰 섰다
오랜 시간
긴-터널을 뚫고 나왔는데
멈추고 말았다

고장 난 시계바늘
문지르고 닦고 또 닦았다
맨 그 자리에 서있을 뿐

이제는
돌지 않고 멈췄다
싸늘하게 식어 버렸다
따끈한 녹차 입안이 얼얼할 뿐이다
뜨겁게 달구지 못했다

그놈
지독한 바람이
가슴 곁을 시리게 했다.

목각木刻 침대

엊그제
불면증에 좋다며
도톰한 목각침대를 사왔다
눈이 스르르 감겼다

어둠은
커튼 사이로
외출을 준비하고 있다
여름 열기를 식힐 겸
창틈을
반 뼘쯤 열어 놓았다

시야에
눈을 마주쳤던 눈빛
천정을 뚫고
가슴 안으로 뚝 떨어졌다

그놈이
침대 모서리에
별빛으로 박혀 있다.

성산포 앞바다

저 파도의 옥빛 살결
훔쳐보는 이 누구냐
바람숲은
바다에 숨어버린 에메랄드 빛
붉게 물들어 버린 심장
굵은 파도에 묻혀버렸다

억새꽃은
바람 언덕에서 파닥이고 있다
파도는 흔들림에
출렁이는 영혼 춤바람이 났다
더듬거리던 손끝
저 파도를 꿀꺽 삼키고 있다

욕정에 빠져버렸던
성산포 앞바다
울컥거리던 사내
형제 바위가 출산을 했다
가을바람은
그대 가슴을 덮어버린 도둑놈이다.

골목길

짧다
해 너머 가는 시간이
찰나였다
골목길에 서서
가을빛이 사나운 줄 이제야 알았다
칼날을 세우고 재촉하는 시간
두꺼웠다
사나운 불빛은 간판을 등에 업고서
가쁜 숨을 몰아쉰다
가엾다, 가여워
차마 두 눈을 뜨고서
바라볼 수 없을 만큼 초췌하다
깜빡 거리며
까치발로 창문 너머로
구두 발소릴 경청했다
낯이 섫다
아, 귀에 익은 목소리
저 멀리서 들려왔다
쩌벅쩌벅
열지 못한 생각
시간은 둔탁하게 흘러갔다.

사랑을 훔치다

가슴에
꼭 넣어 두었는데
다 가져가버렸습니다

살짝
보고 싶었는데
어쩌죠,
다 주고 말았습니다.

그 여름이 탐났다

창틈 사이로 겨울 햇살이 쳐들어 왔다
움찔거리는 가슴은 사나운
겨울바람을 피해 사무실 문턱을 닫았다
외창 커튼은 벽을 쌓아두고
비닐 두 겹으로 몸치장을 해 두었다

겹겹이 창문에 달린 냉기가 가실 줄 모른다
투명한 창틈 사이로 비좁게 들어온 바람
늘 내 곁에 서성이고 있다
느릿느릿 허공을 내들리는 시간
벌써 12월 마지막 날을 기억하게 해줬다

그해 겨울은
특별한 인연으로 기억하게 만들어 놓았다
한낮 열기가 뿜어대는 여름날이 생각났다.
어쩌면 내가 살아온 세월보다 더 많은
이야기로 수놓은 추억 두툼하게 여물었고
처음처럼 그 여름 곁으로 달려가고 있다
추운 겨울날
별빛도 곱게 다가서 오면
따끈한 국물이 있어야 밥알 넘길 것 같다

카톡의 울림

그때마다
절묘하게
문자가 전송되었다
순간의 마찰음
아무런 결과도 없이 떠나갔다

대답도 듣지 못한 채
살금살금
뒷걸음 치고 말았다

막다른 집은 훈김이 서렸고
그냥 바삐 오가는 사람
초대 받은 손님도
빈 의자에서 까맣게 물든 시간
손가락만 만지작거리고 있을 뿐이다
복잡해진 생각
뚝 떨어진 외로움이다.

대부도 곁 바다

호수
배가 불룩하도록
다 마셔버렸습니다

겨울을 걸쳐 두었던
꺼칠한 갈대숲
어찌하나요
목이 말라서
어석어석 소릴 냅니다

석양 빛
호수는 전라의 은빛물결
다 사라져버렸습니다
조금 남겨 두었어야했는데
노송 그림자도
우투거니 하늘만 바라봅니다

바람결에 흔들리는
마음뿐
그대는 아시나요.

인생길

감기, 몸살은 인생의 동반자다
저들과 싸우며 약봉지를 챙기고 바싹 마른 입술은 쓰다
힘에 부치는 일상이다
어쩌면 당연한 결과일지 모른다
발이 땅에 닿는 시간이 몇 분에 불과하니
반쪽 얼굴만 거울에 비칠 뿐이다
내면은 텅 비어 놓은 움막집이 되어있다
그 곳에 찬바람이 들어오고 깊은 생각에 빠져버린 날
한 번쯤의 실수로 갔던 길에 후회의 쓴잔은 달다
오랜만에 붉은악마가 생각났다
그 향에 코가 뚫릴 것 같다는 착각
달콤한 설탕에 그만 녹아버린 커피가 달달하다
컬컬해진 목줄기에 넘기기 위한 수단에 불과 했다
앞에 있는 친구 박영수씨는 너털웃음으로 답했다
뜨거움에 막혔던 혈관을 타고 막혔던 숨이 터졌다
어제 오후는 쓰디 쓴 입맛이다
해물탕도 그렇고 도통 입맛을 잡을 수 없으니 말이다
감기약에 취해서
비몽사몽으로 잠을 이루지 못한 일일게다
뜬눈으로 지샌 이른 봄
화사한 꽃잎처럼 인생길은 활짝 핀 새벽을 맞이했다.

어둠을 삼키다

그도 그렇다
어둠은 새벽을 만들고
새벽도 어둠에 지쳐버렸다
가버린 세월
기억하고 싶지 않은 만큼
덮어두고 싶은 이야기가 있다

그날도 그렇다
그냥 떠나는 연습만 계속했다
입술의 고백은
달콤한 솜사탕
녹아지면서 목 줄기로 스며들었다

어느 때
겨울비에 녹아서 뿌려 놓은 싸라기눈이다
오늘은 눈물 적시며
가슴속에 넣어둔 비수를 꺼내야겠다

그날도 그랬다
분침이 초침에게 속삭이듯
어둠이 생각을 깊게 파놓았다
새벽은 이슬을 머금더니 어둠도 삼켰다.

희망버스

인기척이 드문 새벽
버스를 탔다
오두막집을 지나칠 때
혼자인걸 알았다
정거장도 없는 산비탈 길
흙탕물이 튕겨져
앞 유리가 진흙으로 시야가 뿌옇다

덜컹덜컹 산을 오르더니
저 멀리 희미한 불빛이 보였다
운전사도 없이
여까지 어찌왔을까
목이 말라서 개울물을
두 손 가득 마셨는데
그만 흠뻑 바지가 젖었다

산허리에
햇볕이 환하게 모습을 비춰줬다
그렇게
새벽버스는 소중한 꿈을 싣고 달려갔다.

멸치볶음

마른멸치는
바다를 알지 못한다
넘실거리는
파도
-----싫다
서녘별이
뜰 무렵
저 붉게 물든 빛은
홍건해진 영혼이다
주체할 수 없었다
발가락마디마다
볕을 쪼이던 때
아낙의 손끝
고추장의 매콤함
뭇은 정말 싫었다
인간들 냄새가 쾌쾌하다
깔때기에서
일광욕을 즐길 때
그때는 몰랐다
바다가 파랗다는 사실.

나그네

저 떨어지는 낙엽을 보시게
바람 따라 흘러가는
세월
인생을 풀꽃처럼 살라하네

어디
묵혀있던
약속이나 지켜주겠나

무심한 세월
잠시 머무는 곳
아침 이슬처럼
인생을 풀꽃처럼 살라하네.

사랑은

모퉁이
돌계단
까치발로
보일 듯
말 듯
초연하다

마주치는 눈빛
순간
심장의 떨림은
오로지
하나뿐이다.

이분쉼표

손톱달이
고독한 창틈에 걸렸다
거짓도 모르는 사람
뜨겁게 다가오고 있다

메시지가 전송되지 못해도
푸른 마음을 띄워 보냈다
가을비가 가슴속에 쌓였다
혼자서 그려본 설렘은
이분쉼표
두 눈을 감고 듣고 있으리라

선율이 파도처럼 철철 넘쳤다
혼자서 바다를 삼키고
빗물에 적셔진 대천 앞바다
사내가 만들어 둔 비밀의 창
알싸한 입맞춤을 기다리고 있다

발굽 소리가 들렸다
더디게 발버둥치는 고속도로
기다리고 있을 그 사람 뿐 일게다.

층층계단

달콤한 허브차
맛보다
그 눈빛이 그립다
탄탄한 음색
소리꾼은 팔짱을 끼고
엘리베이터 버튼을 눌렀다

구멍 난 셔츠
어둔 곁 밤이 고독하게 붉다
그는 방랑자다
가슴에 불을 당겨놓았을 뿐
어둠도
흔적 없이 떠났다

간이 밴 간간한 입술
잠시 숨겨 놓았다
손톱달그림자 보이는 듯
눈까풀이 날카롭다.

침묵의 창

라이터를 켜서
심지에 불을 지피니
창 너머 그림자가 보였습니다

가느다란 허리춤
푸석해진 나무토막
커피포트에서 그립던
하얀 연무가 뿌려댔습니다

둘만의 틈
홀짝거리며 마시던 허브티
거친 심장 빨갛게 불이 붙었습니다

투덜대지도 못한 입술
여느 때는 도톰해 보였는데
그 시간 얕아서 침묵하던데요
허전함에 목말라서
눈물샘을 열어 버렸습니다

그때,
침묵한다는 사실을 몰랐습니다

저 들려오는 아름다운 목소리
그만 고갤 떨구고 말았습니다

흘러간 옛 노래가 생각났습니다
반쯤 흘러들었던 시간이 후회가 됩디다
은혜의 잔을
벌컥 벌컥 다 마셔도 되었는데
아끼려고 참았던 시간 흘러가 버렸습니다.

조각별

해 저무는
석양을 바라보며
붉게 물든 형상을 떠올렸다

돌탑이 서있는 듯
정체된 흔적
오래된 기억만 머무르고 있다

별무리가 흔들리며
여행을 떠나던 시간
그리움이 무색하리만큼
어둠은 이별의 무덤뿐이다

아, 힘이 빠져간다
손사래를 쳐봐도
반추된 별빛 눈동자
뻔뻔하다
약속은 시간을 재촉하듯
떠나면 그뿐인데.

습지공원

짧은 음색은
설렘 그 자체였다
저 먼 곳
지척에 두고서도
갈급한 영혼이 되었다
바람만 불어도 곧 쓸어져버리는
그리움 한토막이다

곱게 다듬고
깔끔하게 놓여진
책장 속 언어 꺼내어 곱씹어 본들
고독만이 흔들리고 있다

언제쯤
파란호수를 헤엄치며
두발을 담글 수 있을까
반추된 포프라 나무의 너른이파리
한손을 펴서 하늘을 덮었다
음색 너머로
허락하지 않은 미소가 탐이 났다.

비워둔 벤치

한산하게 비워둔 벤치
외로울 가을이 다가왔다
창문을 반쯤 열어보았다
비수처럼 날이선 바람
가슴팍을 흔들고 있다

밖에서
연신 불어대는 연무
차량통행이 빈번한 거리
딜빛이 숨어 있고
인간들 발자국 소리만 들려왔다

여물지 못한 나뭇잎새
거울 속에 비친
헐거운 모습 피씩 웃는다
그놈
그놈이 어디있을까.

담벼락

쌓고
또 쌓다 지치면
헐겁고
널브러지게
내버려두는 것이다

높아서
보이지 않더라도
까치발로
훔쳐보더라도
그 높이만큼
마음에 벽은 쌓지 말자

아, 좁은 세상
지식을 쌓고
변명도 쌓다가
혹 허물어지면
반듯하지 못한 세상
눈높이만큼
진실이 서있으면 될 일이다.

바람아 떠나지 마라

부르지 못한 이름이여
삼키지 못한 낱말 조각
오늘밤은
토막 난 글씨를 잘게 썰어 봤다

어둠을 삼키면서
별빛을 마시고도
그리움은 차갑게 다가왔다
차라리 거친 야수처럼
호수에 빠진 달빛
붙잡지 못한 그대 이름이다

부시시 헝클어진 머리결
바람에 흩어지고
거친 숨소리만 들렸다
이 밤도 까맣게 그을린 어둠이다

흔적만 바라보다
남겨 놓고 떠난 사랑이여
저 숨겨둔 시간의 약속
수신자도 없는 엽서를 띄운다.

그대의 찻잔

허둥거리며
돌고 돌아서 발길도 멈춰
바람도 스치고 떠났다
투명한 모습은 소리없이 쓰러졌다

구멍이 난 조각
손바닥으로 덥석 잡았어도
보이는 것은
알갱이가 쏟아지는 간이 침대였다
간이 배어서 씹어도 튕겨져
널름 목줄기로 넘겨버린 보리밥이다

대부도 선착장
지금쯤 알싸한 저녁 노을만
식어버린 찻잔 투명한 유리처럼
서성거리며 반추되고 있다.

숲속의 뿌리

광교산 숲속 공원은
상큼한 바람의 뿌리다
주차장 바닥 얼룩진 흔적
인간들의 호흡이 멈춘 곳이다

차문을 활짝 열어 놓고
산소가 팽창한 틈에 서있다
사내 녀석들과
계집애들이 어우러져
왁자지껄 숲속 길은 동화나라다

옥색 바람은
여름빛에 녹아있는 녹색숲이다
볕은 비좁은 떡갈나무 사이로
수줍게 미소를 보여줬다
거미줄처럼 늘어진 전봇대
상념이 흩어지고 있다

꾹꾹 눌러서 쌓아 놓은 시어詩語
꿈틀거리며 가슴속을 후벼 파고 있다
이슬을 머금은 초록 잎새

발칙한 소녀의 청순한 모습을 닮았다
형체도 없는 시간 심장구석에 박혀있던
촉수 달달하다.

Part 4

4 부

산다는 것은

추락하는 낙엽

우 투-둑
마른 잎새
바람에 흩어지더니
눈물 글썽이며 나뒹굴었다
세상 곁에 묻었던 형체
주차장서 덜컹 걸리며 웃고 있다
쓰다만 편지 곱게 접어
그대 가슴 속에 넣어두겠다
널 부러지지 못했기에
정숙한 형체로
사랑하는 사람과
길고 긴 여행을 떠나기로 했다
숙명의 인생길
동행길에 잊을 수도 없음이다
고독이라는 틀 안에
틈 없이 뜨거운 사랑받으리라
낙엽 떨어지는 소리
아,
곱던 가을도 머물지 못하고
그 자리를 훌훌 털고 떠나가려한다.

담백한 사람

인연의 끈
보이는 것과
보이지 않는 느낌
낯설지 않은 벽이다

어둠이
발가벗고 다가올 때
적극적 형상이다
공통분모는
일관된 형체의 리듬이다
그때
목마름은 비교도할 수도 없다

촉촉해진 입술
다가서던 순간
식어버린 미소가
바람처럼 흩어졌다
안타깝던 벽
손끝은 담백한 웃음뿐이다.

그래, 그래서

백 원짜리 동전 두 닢
가슴에 넣고 봄바람을 막았다
커피값이 부족하다

초생 달은 곁눈을 부릅뜨고서
차창 밖에서 기다리고 있다
그리움은
높은 벽을 쌓아놓고
까치발로 쳐다보라 한다

공중전화부스가
낮게 움츠리며 몸을 숨겼다
뚜뚜뚜
오른쪽 호주머니 깊숙하게
동전 둘이 입맞춤을 했다
철커덕
고개를 길게 뻗은 가로수
그만
눈에 찔려 눈을 감아버렸다

손끝은 아리다

김밥 한줄 곧게 뻗은 터널이다
봄바람에 스쳤을까
식어버렸을까
그래 그래서.

카네이션

너의 손때가 묻은
책꽂이에
흘겨 써놓은 고백
"엄마, 아빠
사랑합니다"

그날 이후
흥건하게 적셔놓았던
눈물샘
채 마르지도 못했다

오늘도
이 엄마 가슴에
따뜻한
빨간 카네이션이 꽂혀있다.

*세월호 추모 시화전 작품

번지 없는 새벽

태양은
멈추지 않았다
그믐달이 지고 해가 솟으면
새론 세상이 탄생했다

세월은 켜켜이 어둠에 쌓여서
시나브로 먼 여행을 떠나야했던
외로운 행성처럼 떠돌고 있을 뿐이다

새벽이면
익숙한 손끝 한 여인의 흔적을 바라봤다
새벽안개가 자욱하다
먼 길을 달려가야 할 사람
짧은 혀끝 기회를 엿보더니 시야를 넓혔다

목적없는 일상은 겉치장이다
하나만을 가슴 깊이 넣기 위해 몸부림치던
헐겁던 시간
그 입술의 무게 하얀 입김이 뿜어졌다.

산다는 것은

이 세상 기적같이 하루하루 산다는 것은
준비하지 못한 숙제다
삶의 무게 내려놓을 곳
등 떠밀려 이곳 저곳 찾아 헤매는 때
처진 어깨위에 품앗이 하듯
온전한 일상을 꿈꿔본다

사람처럼 산다는 것은
사람은 말했다 별것도 아니라며
물결처럼 흘리 흘리서 살다가
그 무게만큼 노력하면 끝이 보인다고

입술로 고백하고 싶어서
가슴 깊이 뿌려 놓고도
알 수 없는 인생은 삼각관계
시름에 지쳐 아린 상처 주섬주섬 줍다보면
기적을 만든다고
사람은 이렇게 사는 것이라 말했다

감당해야 할 숙명
인생길 걷다 만난 사람

인연,
이별하는 그날까지
쌓고 쌓아도 준비된 그 자리
산다는 것은 부치지 못한 편지다.

흔들리는 계절

보석 같은 봄비
덜그럭 거리며 길바닥에 떨어졌다
미세한 먼지 알갱이 들뜬 마음인 듯
시궁창으로 여행을 떠났다

그 화려한 자태
흰 눈꽃 같던 벚꽃도
어깰 들썩이며 아스팔트위에서
팔랑거리며 웃고 있다
텁텁한 흙탕물 뭇사람들 발자국
흔들리는 거릴 활보하고 있다

저기, 저어기
떠나 가버릴 것들 가슴에 묵혀 두고서
혼돈 세상을 탓했나보다
빗방울의 출렁거림
단막극이 끝날 무렵이다
아직도 못다 춘 춤사위 아쉬움은
비어둔 가슴팍에 넘치도록 채우고 있다
꼴깍.

간이역

세상은
모퉁이돌처럼
발목을 잡고 있다
허기진 시간
짧은 꼬리를 물고 서있다

늘 지나치던 곳
잠시
얼굴을 보여주고서
모르는 채 비밀의 문을 나섰다

허스키한 음색
어디로 사라질지를 몰라서
그만 앞을 가로막고 말았다
그건
순전한 실수였다
알싸한 석양 노을 때문이다.

첫눈이 오던 날

음악이 흐른 후
창밖에는
첫눈이 내리는데요
세상은 온통 하얗게 뿌려져 가슴을 흔들고요
광화문 네거리 찻집
재즈 음악이 흘렀고
낯선 공간은 늘 붐비던데
수십 년 묵혀 두었던 이야기가 숨어 있어요
그 누구에게라도
첫눈이 내린다고 말해줘야겠어요
눈이 부셔요
가슴은 어느새 붉게 타올라요
첫눈이 내리는데요
갈 곳 없는 사람은 어찌해야하죠
식어버린 빈 찻잔
흔하디흔한 문자조각
흘러가는 바람에 불이 붙었나 봐요
변화된 시간
촉감도 서럽게 울어버린 눈발이 싫읍니다
혼자라서.

목석 木石

가슴은 차가운 바람
채워놓고도
수 많은 밤과
그 많았던 인연
그리움은 현실로 찾아왔다

어깨 위 깊숙이 숨어버린
잠재의식 속 밀어
불꺼진 창밖에서 목석이 되었다

대답 없는 메아리
벨은
어둠에 묻혀 꺼이꺼이 울고 있다

아,
서러운 가을밤이여
어둔 가로등 불빛만 외롭게 서 있을 뿐
그대
그대가 가을이죠.

단독 콘서트

바람도 버겁다
한두 가지씩
모두를 가슴에 품고서 살았다
하늘의 뜻이고 해와 달이
저 하늘에 뜨던 어느 여름날
두 사람이 바라보던 눈빛
첫째 이유가 사랑 놀음이다

가을을 지나치고
겨울이 태동하는 때
언덕 위의 밝은 빛이 비쳤다
손때 묻은
비밀의 방 실낙원처럼 포근했음이다
그 사람 솜사탕처럼 달콤한
그대만을 위한 세레나데를 불렀다
따뜻함에 색다른 열병으로
내일은 또 다른 해와 달이 떠올랐다
저 별빛에 숨어서 훔쳐보길 수십 번
어찌 다를 수가 있을까
오늘밤
혼자서 할 수 없는 콘서트를 준비한다

화려하지는 못해도 무대를 서기까지
촉을 세워 놓은 시간은 그렇게 흘러갈게다
마치 달빛에 그을린 흔적
어둠이 깔린 창밖은 그리움만 쌓여갔다.

돌담길에서

눈 내리는
거릴 걷고 싶었다
우산을 쓰고 다정하게
팔짱도 끼고서
발자국을
남기면서 걷고 싶었다

나뭇가지에
하얗게 피어있는
눈꽃
갖고 싶었다

어느 때
우산을 던지고서
머리에 하얀 눈으로
덮어 놓은
하얀 모자를
쓰고 싶었다

시간은
덧없이 흘러갔다

걷자
저 하얀 세상을
마냥
혼자서 걷고 싶던 오늘이다.

박제된 뼈

대답이 없던 메아리
켜켜이 막혀서 캄캄하다
언어는
다리가 달려서 흔들거리고 있다
텁텁하다
단물은 다 빠졌다
뼈만 앙상하다
좁은 골목마다 허수아비가 서있다

통기타 줄은
오늘밤도 음률을 토해가며
좁다란 골목 어귀를 어슬렁 거렸다
시간의 화살촉은
심장박동소리를 명중해버렸다
선혈이 낭자하다
냄새가 진동했다

박제된 앙칼진 음성
요즘엔 밤과 낮이 없다
요란한 소음 뿐
싸늘한 겉가죽

116

빈 나뭇가지 끝에서
달그림자에 묻혀 적막하다.

꿈꾸는 정원

물소리에 잠을 깼습니다
일곱 개 나무탁자
세상 그 누구라도 주인입니다
늦은 밤
그 누군가 둘이서 마셨을 냉수 한컵
별빛이 잠들어 있던데요

저 건너편
화강암산은 어머니 가슴 품속처럼
포근한 아침을 활짝 열어 보입니다
홀로이 나무 의자에 앉아서
미루나무 한그루가 서 있는 정원
한가롭게 차 한 잔을 마십니다

어제는 초병이 되어서
높고 널따란 산을 오르내리며
내가 평소 갖고 싶었던 정원의
정원사가 되었습니다
작은 호수와 인공폭포
반추된 파란하늘 자주 다녔던 빈집
그 생각이 알싸하게 밀려오는 그리움 말입니다

그 맛보다 더 진하게 밀려오고 있습니다

오늘은 반바지를 입었습니다
베이지색 바지 녹색줄무늬 셔츠
채 자라지 못한 잔디를 마음으로 깎습니다
전해지 못하는 편지 왠지
혼자라는 안쓰러움은
꿈꾸는 정원에 푹 빠지고 말았습니다

사진 한 장 펼쳐보면서도
그 놈 그 놈은
폭포 소리에 묻혀서 듣지 못하는 속삭임을 말입니다
물 한 모금 마시며 추억을 캐러
곧 떠날 준비를 해야겠습니다

수선화가 필 무렵

걷던 길은
돌아보지 말라했습니다.
황량한 세상
그 들판은
한 떨기 수선화 필 무렵
서녘별은 빛을 잃지 않고 서 있답니다

헝클어진 붓끝은
두 갈래 길에 서 있을 때
여기 동쪽
저기는
그 길은 끝이 어디인지 말을 못합니다

꺾이지 않던 글씨 토막
생명의 근원이라는 굴곡
산 중령을 넘을 즈음
길은 돌아보지 말라했습니다.
그대로 서 있음에 볼 수 없어서입니다.

세월은
떠나지 못한 그곳까지
활량한 벌판을 저 멀리서 바라볼 뿐입니다.

도둑놈

가을 낙엽의 추임새
스치는 바람 따라 가슴에 쌓였다
그대 눈 속으로 빨려 들어가 버린
내 영혼은 도둑놈이다

나풀거리던 가을 냄새
더듬거리던 손수건 채취
이내 막혔던 가슴을 열어버렸다
촉촉하게 젖은
한잔 술은 입술이 되어서
거짓 없는 고백 옅은 파열음이다

가을을 닮아 구겨진 연서
식어버린 나무 이파리 날개처럼
주체할 수 없는 가을볕이 따갑다
카메라 앵글 그만
흠뻑 취해서 그 속으로 빠지고 말았다.

기억해줘요

이 밤을 기억해줘요
그립다는 말
물론 거짓은 아닙니다
감성이 투명하게 보이고 있으니까요
보고 싶어 하는 말도
당연히 거짓말은 아닙니다
별빛도 달빛도
그날 밤을 기억 한답니다
천천히 기억 해봐요
커피향 그윽한
빈 벤치 뼈가 붙은 시어를
한 조각씩 떼어 먹으며 실토했던 말
저 별빛보다 그대를 사랑한다며
그대도 그랬죠
지금 그 자리가 탐이 납니다
이 세상 끝나는 날까지
그대 곁에 떠나지 않겠다며
까맣게 덮어버린 안개
아무런 해답도 보여주지 못했습니다
잠깐만요 기다려주세요
내가 곧 따라 갈게요

어떻게 해요
목이 바싹바싹 마릅니다.

고독한 새벽

인기척 없는
새벽은 쓸쓸하다
잔 꿈속에서 허우적거렸다
어깨가 시렵다
허기에 물 한 모금을 넘기며 생명줄 붙잡았다

더디게 다가오는 발걸음
거실 바닥은 냉기가
점령당한 채 고독한 쓴맛이다
전기매트만 헐떡거리며 목숨을 구걸할 쯤
닫힌 커튼도 그림자를 감춰두고
찬바람만 높고 두껍게 벽이 되었다

저-너른 어둠 속 고독한 새벽
눈에 붙어있는 둔탁한 가시를 뽑아
붉디붉은 심장 곁에 매달아 놓았으면
손끝은 메말라서
타다 남은 불씨 거실 가득 까맣다

한 조각 썰어 두었던 달빛
오호라,

전선줄에 매달린 단
초저것이라도
앙상해진 가슴에 넣어야겠다.

고드름

투명한 색체
분명한 몸부림이다
주물럭거리던
한낮
그대 마음 같다

신경 세포가
햇볕에 몸을 사르고
늦저녁
제 형체가 보였다

곱다
짧게 뻗은
가지 끝은
정오가 되서야
할딱거리며 춤을 춘다.

가리비

화살무늬
파도에 묻히더니
겹겹이 쌓아놓았다
반달이 찬 썰물에 간간한 간을 더해
속살은 도톰한 입술 만들기까지
갯벌을 수십 번 촉수를 널름거렸겠다

밀물과 썰물 교합
인간손끝에 이끌려 놀아났고
가리비가 태동하는 씨앗 뿌려놓았다
석양녘 붉게 물든 쇠판
구멍탄에 무동 타고서야
제 한 몸도 가누지 못한 채 쓰러져 버렸다.

그때 시월 어느 멋진 날
가냘픈 숨소리 파도에 묻혀버렸다
붉은 고추장맛 곡조가 더 신이 났다.
대천 앞바다
쫄깃하기는 고놈이 달달하다.

유리조각

두꺼운 갑옷을 벗었다
겹겹이 쌓아 두었던 업業
겨울비가 쏟아지던 들판
그 한복판에서
까맣게 가슴만 태우고 말았다

독감은 쉼을 자청하며
빗소리에 장단을 맞춰
하염없이 가슴을 두드렸다

발가벗은 생각은
투명한 형상처럼 둥둥
허허로운 들판의 허수아비이다
바람에 지쳐 기웃거리다
부패된 모습은 투명한 유리조각이다
지나온 세월
축축하게 적서 놓은 퇴색된 겉옷이 되었다.

그루터기

한그루의 나무가
호숫가에 서 있습니다
물결이 칠 때 마다
나무 잎새는 수줍음에
입술을 파르르 떨고 있었지요
가끔
바람이 불어주면
가지 끝에 매달린 여린 잎새도
수줍던 입술 내밀고서 춤을 췄답니다
오늘 한그루의 나무가
내 가슴에 서 있다는 것을 알았습니다
파랗게
여린 잎사귀처럼
가지 끝에 매달려 웃고 있음을 봤습니다
나, 나는
그 가슴에 푹 안기고 싶었습니다
늘 그의
체취에 젖고 싶어서 말입니다.

자화상

흰 눈 내리는 날에는
슬퍼하지 말자
햇볕은 어둠을
어둠은 별도 삼켜버렸다

훗날
사진한 장
그리움에 목말라 할 때
피고 지는 꽃잎처럼
바람 따라 흩어지나니

혼자인 듯
고독이란 놈
별빛 속에 숨겨두자

인연은
세월 곁에 서 있을 터
비틀거렸던 시간
꿈은 파란 파도처럼
움찔거리며 세월에 묻혀
투명하게 남아 있을 것이다.

가을에 만나고 싶은 사람

박가을

가을에 만나고 싶은 사람
당신이었으면 합니다.

내 가슴에 담백한 웃음으로
찾아와 세월을 안타까워하며 위안의
차 한 잔에 마음을 줄 수 있는 사람

차가운 가을 밤바람 맞으며
내 곁에 앉아
내 이야기를 들어 줄줄 아는 사람

밤하늘에 별을 헤이며
넓은 마음으로
세상을 짊어지고 길 떠나며
책임을 통감하는 사람

지나간 추억 벗 삼으며
내일의 미래를 열어가는
내 영혼의 그림자
둘이 걷는 길 동반자가 되어 줄 사람

문학을 사랑하며 다정한 마음의
편지를 써 줄 사람으로
예술을 이해 해 줄 수 있는 사람

가을을 닮아가는 사람
바닷가 파도와 갈매기 소리
그 화음을 들을 수 있어
음악을 좋아하는
이 가을에 만나고 싶은 사람입니다.

-박가을 두 번째 시집 중에서